em
voz
baixa

maria lúcia verdi

em voz baixa

ILUMINURAS

Capa
Eder Cardoso / Iluminuras
sobre colagem de Yury Hermuche

Colagens
Yury Hermuche

Revisão
Monika Vibeskaia
Iluminuras

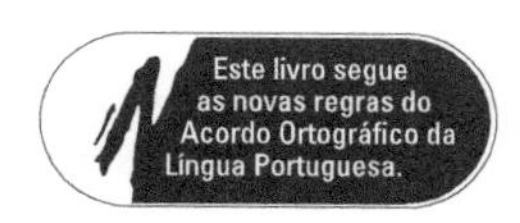

CIP-BRASIL. CATALOGAÇÃO NA PUBLICAÇÃO
SINDICATO NACIONAL DOS EDITORES DE LIVROS, RJ
V594e

Verdi, Maria Lúcia
Em voz baixa / Maria Lúcia Verdi. - 1. ed. - São Paulo : Iluminuras, 2019.
72 p. ; 22 cm.

ISBN 978-85-7321-609-7

1. Poesia brasileira. I. Título.

19-56517 CDD: 869.1
CDU: 82-1(81)

2019
EDITORA ILUMINURAS LTDA.
Rua Inácio Pereira da Rocha, 389
05432-011 - São Paulo - SP - Brasil
Tel. / Fax: 55 11 3031-6161
iluminuras@iluminuras.com.br
www.iluminuras.com.br

Sumário

Agradeço as amigas que leram os originais deste livro, sobretudo Angélica Madeira, por seus oportunos comentários. Agradeço muito especialmente Vilma Arêas pelo seu atento e sensível posfácio e a Yury Hermuche por ter feito — a partir de antigas fotos minhas e de cartões postais que me acompanharam — colagens surpreendentes, que acrescentam um tom ao *em voz baixa*.

Ali nem acabei de falar,
e em mim eu já estava arrependido com toda a velocidade
Guimarães Rosa, *Grande Sertão Veredas*

Embora escrever só esteja me dando a grande medida do silêncio.
Clarice Lispector, *Água Viva*

O dever e a tarefa do escritor são as do tradutor.
Marcel Proust, *O Tempo Redescoberto*

O Japão é amarelo, lâmpada azul

Para Lígia e Ronan, autor da frase

(a concentração da vida e o sentido do mundo
— provisório, aleatório, sem razão)

[...] Somos estrangeiros\ Onde quer que moremos.
Tudo é alheio\ Nem fala língua nossa.
Ricardo Reis, *Odes*

(o que se mostra se esconde
o que se toca desvanece
soa, ecoa insistente
o sentido que só escapa
— aqui, acolá, agora, antes
após)

Safo, a poeta
em fragmentos
A educadora
a que adivinhava enigmas
— é pergunta
Na imagem de Pompeia
o olhar questiona
Amor sem fronteiras
o pensamento na lira
lírica perdida em elipses
A literata chinesa
— a mão sobre os livros
o olhar oblíquo
O espelho que reflete
outro espaço
não o dela
O continente negro
Na Grécia, na China,
por todo lado a Coisa (feminina)
duvida, oscila,
entre terra e nuvens

lucidez e sonhos
aridez aquática

— quem não é susto
paradoxo?

Sapatos vermelhos, elegantes, com tiras para tornozelos finos como os dela, como os meus. Um salto apropriado. Com esses sapatos ela vai por lugares onde já foi e talvez eu conheça. Mas tais caminhos parecem levar sempre ao mesmo lugar, o que é bastante curioso. Talvez isso ocorra devido aos sapatos terem características difíceis de descrever e, sobretudo, de imaginar. Digamos que sejam conectados, de modo sutil, aos músculos, às veias, algo assim, e que impulsionem desejos e lutas.

Mas tais sapatos, apesar de elegantes e aparentemente seguros (tiras oportunas, saltos razoáveis), são, na verdade, inquietantes instrumentos para andarilhas exiladas, categoria das mais aparentemente comuns entre o gênero feminino. Pois, afinal, quem pode andar por aí em segurança sobre um par de sapatos que se conecta com músculos e veias, entre outras coisas. Que não apenas se conecta, mas que envia sinais que não são os habituais sinais de alerta frente a um obstáculo no chão, um buraco ou um dos tantos corpos mortos pela frente. Sinais que levariam, por exemplo, sua portadora a desejar inventar uma inesperada, temerosa coreografia para cair e depois esquivar-se do eventual buraco ou corpo morto — o que poderia levar ao rompimento das presilhas e a sabe-se lá quais possibilidades de voo.

Sapatos como rádios transmissores, satélites a captar ondas e a transmiti-las às vezes a ela, às vezes a mim. A partir daí, então, seriam eles, essas antenas vermelhas, os responsáveis por vapores que subiriam pelo corpo da portadora produzindo sons e estranhas verbalizações, sem que ela ou eu pudéssemos comandá-las, a conduzirem-nos por estapafúrdios caminhos, caminhos que, pensando bem, não necessariamente devem ser fisicamente percorridos. Melhor percorridos por inalações silenciosas que a cidade emite, lugares onde ela, ou até mesmo eu, talvez nunca me deslocasse, preferindo observar à margem.

Afinal que culpa eles têm, os sapatos? O que fazem eles a não ser levá-la e a mim a algumas trilhas, aonde, por mais que anotemos criteriosamente, por mais que os alertas cheguem aos músculos, às veias e ao coração, não conseguimos evitar o descaminho.

(como dizem os índios Krenak, é preciso segurar o céu através da conexão do corpo e da mente com a natureza em torno e com o cosmos — se nos desconectarmos, ele cai)

A lembrança do sonho
cabelos escuros, lisos
(um índio?)
em frente a um lago
Esse alguém diz, com muita calma
— Não, isto não é um lago

Arrumo a cama
No corredor, um cheiro de incenso
Não acendi incenso, vivo afastada

este recorte no espaço
(uma casa?)

(é preciso raptar a lembrança antes do amanhecer
soerguê-la
cimentá-la
construir a cidade
partir então
sem alimento, sem roupa
olhos como pedras
migalhas de pão)

Longe é para onde escrevo
longe envio do tão próximo
A mão sem razão
demente, ausente
longe

Uma palavra
adentra a tarde
basculante
Nuvens, nuvens
e a palavra paira
bascula no ouvido
horizontal recorte

Basculante como basta
como *enculare*
como *ascoltare*
como *avante*

Escutar a vida
desde a breve
entrada do alto
Não o escancarar de janelas
portas
as vozes das gentes
os sons das ruas
Apenas vagas intermitências
pela alta fresta

riscos no céu

(a corda é ela
a palavra
pá que remexe
prepara
a terra cheia
de larvas)

catar pitangas, mais que colher
catar primeiro com o olhar o tom certo do maduro
buscar a que se desprenderá ao mais leve toque, quase sopro
não ser enganado pela luz — a madurez, às vezes
questão de ângulo
buscar o rubi pleno a forma já plena
apenas as que se soltam
desmaiadas entre os dedos leves, estão prontas para a boca
a língua, o nem mastigar
mantê-las na boca por um tempo, ainda que brevíssimo
catar pitangas como as catadoras de chá na China
as infinitamente delicadas

Ouvir este barulho
interno ruído
labirintite, labirinto
O sonho
em voo sem asas
a árvore contra o céu
e pombos do cerrado
Na vigília da noite
o verso perfeito
escapou-me
Linha sutil
se fez ver
— perdi-a
O som dos pombos
mínima manhã
o esboço de um outro
dia

(necessário não fossem
a rua, os encontros,
os tapas na cara)

Meio do dia
O anjo sem asas sobre a geladeira
A montanha — dois chapéus asiáticos
Na pintura de Pedro Alvim
um pátio, um canto de casa
carro, mangueira

(observo Preta em seu espaço
a qualquer hora ela morre
quase quatorze anos é muito
surda e sem faro a vida custa)

Meio da tarde
corredor de shopping
de esguelha vejo o artista
a dignidade em cadeira de rodas
A vida resiste mesmo
quando cansa
Segue-o a mulher
a musa agora outra
(onde o mesmo?)
Abro o livro, a musa
na plenitude de mãe
o sorriso abre, abre
abre

(numa dessas noites olharei
para o tapete e a forma
estará imóvel)

Meio da noite
Tudo silenciado
menos a geladeira
O som das necessidades
a manutenção dos corpos

(Preta bebe água com sofreguidão
talvez tenha mais
tempo, me digo
E para quê mais?
pergunta-me desde dentro
a que se esforça

por beber água)

a caveira que sou
tenta esquecer
e esquecer-se
ela se mexe
acomoda-se e percebe
os ossos
esta caveira entende
e desentende o mundo

a pele responde aos ventos e às águas
— mas ela não os sabe
expele o sabor das cinzas

sente-se
e gostaria de ouvir os pássaros
desde um outro espaço

I

Hiroshima
ah! comme j´étais jeune à Nevers...
mon amour
Os recortes, o entrevisto, as sombras
espaços de passagem
Deitada em algum lugar reinvento
a história reescrevo o filme
o livro
Aproximo Alcântara a Pompeia
Angkor Wat a Tiradentes
Siracusa à Xian
Corpos de pedra ao relento
A destruição de Hiroshima
A destruição de Pompeia
A destruição do Camboja
A destruição do planeta
Restos arqueológicos me silenciam
aquietam a andarilha ancorada
Emudeço mais e mais
e quero mais ainda da mudez
dos entes naturais

II

Uma síntese de mim em vinte e seis
fotos
Arcos, ruínas, cavernas
restos de pinturas
Incorporo-me a um corpo
desconhecido, acéfalo
mímese de deusa
perplexa no olhar da pintura
chinesa
Place de Vosges e o canto ao amor
A muralha da China e a necessidade
de defesa
Torres medievais e o grito da Princesa
A carranca que não assusta
Monstros que não se afastam
Um nevoeiro

III

Caminhar solitário numa Sicília
sem tempo
A permanência da água, do céu
dos amanheceres
e a resposta à pergunta:
quantos mais verei?
escrita na pedra de George Brecht
VOID VAZIO
Encará-la como sobrevivente
à bomba
cada dia
cada dia
a explosão

(...poder retirá-lo naturalmente, mesmo sabendo ser ele
— o desespero que se desveste — o reflexo de algo
muito além de qualquer vontade, que se constitui
da mórbida sombra de um desejo, um movimento
paralisado. poder ver essa explicitação fora de
si, na roupa jogada na cadeira, fora de si)

O vento forte em dia de seca
O ruído do vento e a ruína do tempo

Onde colocar os atestados de óbito?
Na mesma pasta
os documentos de vida e morte
Aceitar a convivência promíscua
dos papéis
— mover naturalmente os separadores de plástico
nivelar tudo
nos arquivos

Por fim, a foto dos jovens avós
na parede
nenhum sorriso, olhares brancos
o casamento

(permanecerei em alguma parede?
os hábitos agora são outros)

Restaurar o silêncio é o papel dos objetos.
Samuel Beckett, Molloy

I

Enquanto espero uma amiga na — mítica para os brasilienses — Av. W3, refletindo sobre lucidez e loucura, lembrando o que Lacan diz sobre os deuses pertencerem ao real, escuto uma conversa entre dois moradores de rua, ambos velhos, barbudos, com olhos tremendos. O diálogo foi mais ou menos assim:

— Está difícil né?

— Mais que difícil, meu filho, dificílimo.

— Mas, mas... o senhor está se sentindo bem?

— Eu estou é cansado. Há anos observando isso aqui e não tem jeito.

— Isso aqui... a que o senhor se refere exatamente... me diga...

— À vida, meu filho, mas eu vou lhe falar. Você vai ser a primeira pessoa para quem eu vou me revelar. Isso tudo me pesa demais... Deu tudo errado.

— O senhor pode ser mais claro?

— Estou tentando tomar coragem. Agora eu preciso agir, preciso. E escolhi o senhor para ser o primeiro a quem vou contar.

— Do que que o senhor está falando? Me desculpe...

— Meu filho, é que, é que... Eu sou Deus. Sei que isso parece coisa de maluco, mas é simples assim, eu sou Deus... Digo isso quase com vergonha, não me gabo... Olha só o sofrimento por todo lado, o horror... Deu tudo errado.

— Ah! O senhor é deus. Entendo, entendo. Mas será que deu tudo errado mesmo? A natureza é uma beleza, cada criança, cada flor, cada animal renovam a esperança... e o céu lá nos lembrando do nosso tamanho... Não deu tudo errado.

— O senhor acha mesmo? E o que os homens estão fazendo com as crianças, com a natureza? Há um tempo estou na terra, sabe? Resolvi encarar e vir eu mesmo, não só meu filho, coitado. Porque está muito sério tudo e afinal eu sou o pai. Vim, virei juiz, solteirão, católico, tentando fazer alguma coisa, mas...

— Sei, estou entendendo. Eu concordo, também acho que está tudo errado, por isto resolvi viver assim, perambulando, deixei meu emprego, as minhas coisas... O que me distrai é o movimento das ruas, observar essa gente toda indo atrás de alguma coisa.

— Vir morar por aí, viver debaixo das estrelas. O senhor é um puro. Não tem mais gente assim não. Por isto posso lhe confessar — não sei por onde começar a tentar essa salvação.

— Talvez voltar com a palavra de deus, a sua palavra, não? E ver se as pessoas conseguem escutar, escutar de verdade.

— Preciso me misturar com quem talvez escute, os que estão fora de tudo, mas não por escolha, como o senhor.

— Acho que dá até pra dizer: os que não existem, não é? É, pode ser que dali ainda possa surgir alguma coisa...

— Tem que ser, tem de ser... Tentar outro tipo de criação.

— Acho que o senhor está mesmo começando a pensar como deus.

— Quem sabe o senhor me ajuda?

— Desculpe, eu não consigo... Mas apoio a sua decisão, tente de novo sim. Só que eu não consigo ser apóstolo, nem do senhor nem de ninguém, é um sofrimento. Mas me desculpe, eu vou indo.

Acho que cabe aqui citar um trecho de Hegel mencionado pelo polêmico Slavoj Zizek no seu "Acontecimento — uma viagem filosófica através de um conceito".

Lembra Zizek que Hegel vê a loucura como uma retirada do mundo real, "o fechamento da alma em si mesma" e aproximação dela à "alma animal", cito Hegel via o pensador esloveno: "O ser humano é essa noite, esse nada vazio, que contém tudo em sua simplicidade — uma riqueza infinita de representações, de imagens, das quais nenhuma lhe pertence — ou que não estão presentes. Essa noite, a interioridade da Natureza que existe aqui — o Eu puro — em representações fantasmagóricas, é noite à sua volta; surge então uma cabeça ensanguentada aqui — mais adiante, outra aparição branca, e elas desaparecem também de repente. É essa noite que se percebe quando se olha um ser humano bem nos olhos: uma noite que se torna terrível".

II

Não quero falar não senhora. Não tem nada pra explicar. É só fome. Não, não quero pedir comida. Pego o que já foi jogado fora mesmo, o que não tem mais dono.

III

Avenida Paulista, três da tarde, sábado. Observo o andar do rapaz à frente, alto, muito magro, cabelos nos ombros. A este mendigo não consigo não dar esmola, penso, enquanto retiro a nota de dois (menos crack) enquanto me pede olhando-me nos olhos, dizendo devagar tô com fome.

Vejo o grupo de rapazes ruidosos do outro lado do vão da Bo Bardi — em frente ao espelho d'água que separa o Masp do outro prédio — ao mesmo tempo em que vejo o mendigo alto ultrapassar-me e dirigir-se a eles. A fome, me digo, era mesmo aquela, não a do pão. E encolho os ombros.

Enquanto me dirijo para a fila dos ingressos observo o grupo. A desordenada alegria e o mendigo alto que gesticula, parece explicar serem dois reais tudo o que tem. Um rapaz — todos pardos, negros, uns dez — que negaceia: é muito pouco. Se forma uma pequena torcida entre os que apoiam o mendigo alto e os que concordam com aquele que parece dizer ser pouco. Outro rapaz, sentado no chão, oferece uma garrafa de plástico grande, com um líquido transparente ao Mendigo Alto. Ele bebe, agradece e continua a negociar com o que, para mim, é o chefe do ponto. De repente vejo que há um acordo. O Mendigo Alto se afasta do grupo e segue com o outro rapaz para um canto, no final à direita do espelho d'água.

Imagino que cena verei. Mas não. O Mendigo Alto retira a camisa, coloca-a sobre a bancada de cimento e deixa as havaianas no chão. Retorna junto ao grupo assim, sem ter fumado. Atrapalho as pessoas na fila, minha atenção absoluta à cena que transcorre do outro lado do vão não chama a atenção de ninguém, só meu atraso incomoda.

O Mendigo Alto é recebido pelo grupo com sons alegres. Alguns rapazes se colocam na frente dele, não o vejo por segundos e em seguida escuto palmas, gritos e vejo água saltando no ar. O Mendigo Alto brinca no espelho d'água. O grupo comemorava o fato de ele ter vencido a negociação. Poderá banhar-se por dois reais.

O sol na principal Avenida do Capital Brasileiro era forte e o movimento intenso.

Desde o observatório privilegiado da fila do museu, vejo algo que talvez tantos tenham visto, filmado, colocado no YouTube, mas que, para mim, foi o primeiro banho a que assisti, assim oferecido a todos.

O Mendigo Alto (o meu mendigo) era banhado por dois rapazes, aquele com quem negociara e o outro que o acompanhara até o canto. Eles o instruíam criteriosamente nessa lavagem de um corpo. Ele alçava os braços magros (um corpo assim como o de Cristo), eles o ensaboavam atentamente, esfregavam axilas, costas, lavavam-lhe a cabeça com cuidado materno. O Mendigo Alto submergia-se no espelho e retornava e cada vez era saudado pelos companheiros. Alegrias, o gozo de todos.

A fome, então, era de água, de corpo limpo. O Mendigo Alto recuperava seu status de pessoa ali, naquele banho, água suja e cristalina.

Um dos dois "rapazes do banho" (talvez sejam conhecidos) se aproxima com uma grande toalha e junto com o outro (o que eu pensara ser o dono do ponto e quem sabe também o seja) envolvem com cuidado o mendigo lavado. Pude ver o corpo magro nu rapidamente, sem manchas. Um dos dois rapazes aproxima a calça, as havaianas que são colocadas com calma, como se impecáveis fossem. E então o Mendigo Alto, vestido e banhado, se senta na borda do espelho d'água e o ritual se completa. Um dos dois "banhadores" chega com algo nas mãos, espalha nos cabelos do companheiro, a quem penteia a seguir com esmero. O outro traz-lhe a camisa suja de antes e ela é vestida com a ajuda dos dois companheiros.

O Mendigo Alto e seus Ajudantes se tornam personagens medievais — um senhor e seus servos, no ato final do ritual do banho. Farto, pleno, seus gestos são lentos, talvez nem fome sinta. No Masp duas versões do Banho de Suzana me aguardavam.

Tudo volta ao normal, o meu mendigo alto conversa com o grupo, integra-se à balburdia dos jovens. Chega minha vez, compro o ingresso, saio da fila para alívio dos que estão atrás. A cultura está no museu, não na cena que todos poderiam ter observado, onde um *ethos* tão nosso se expôs gratuitamente.

Nas duas representações do Banho de Suzana as cenas são bem diversas. Em uma, apenas a bela em sua nudez, as ajudantes e a natureza. Na outra, à esquerda da tela, a inquietação de dois faunos presentes à cena, um deles com um instrumento musical primitivo; à direita um cervo deitado, as patas para o alto (morto?), os galhos da cabeça apoiados na grama e dois inesperados cãezinhos subidos em cada lado do corpo (morto?) do cervo.

A nudez de Susana não me interessou, só o entorno. Quanto à nudez do Mendigo, sim, branca e mínima, o entorno paulista como um grande negro vazio.

Termino a tarde vendo passar pela Avenida uma limousine negra de onde saem, por duas janelas e por uma abertura no teto, várias mocinhas vestidas de branco. Encantadas, sorridentes, abanam para os da rua. Banhadas, maquiadas, vestidas Suzanas que só se deixam ver assim, travestidas, que talvez nem se conheçam nuas, despojadas, que talvez não saibam, nunca venham a saber o que exatamente significou desfilar em limousine aos quinze anos por esta mesma Paulista.

Os outros, por todos os lados
outros
Rostos fora tudo fora tudo outro
Empaco — paro e me empacoto — em meio a tanta
outredade
Um pacote de mim fechado e aberto
olhando sem parar pedaços outros
a discursar
Sabe-se lá sei eu lá
(lá, lá onde se reitera o Outro
o porquê do outro)
Apenas imagino sem agir imagino
escuto vejo sinto cheiro
o ouriço que é o outro
falando desde espinhos
Ou ou
— ou cedo ou venço
o ouriço em mim
essa coisa outra

a mesma
E aí, e então, e lá
em outro tempo
sacudindo o outro, a veste dele
avanço, avançaria, avançara
Obsessão do pensamento
com essa coisa outra
esparramada num não-outro
esparramando dentro fora
de mim, de tudo
sem sombra
sem eco
Como se fosse só
como se aquilo-isso-tudo
fosse só
unicamente
qualquer uma
das salvadoras coisas
em torno

Ainda assim não conseguia dizer nada; o horizonte parecia completamente vazio de objetos de que pudesse falar.

Virgínia Woolf, *O Farol*

perto do esgoto, no chão
entre a terra e cascalhos
na base da planta
ela me espanta
a forma vegetal
me acorda do não
e diz com seu corpo
em O
sim, sim
— tudo é circulo ciclo
fluir

talvez isso passe
o que não passa?
mas passar é longo
permanente gerúndio

(fosse eu a formiga entre as flores da toalha)

As ninfeias, possíveis parentes dos lótus orientais, parecem mais frágeis, mas têm a mesma explosão de cor. Os bambus ecoam a Ásia, lá um mundo é construído com eles. O som dos bambus com o vento, as curvaturas de que são capazes, resistentes. A Ásia que enviou, a pedido de Dom João VI, 51 chineses para que tivéssemos aqui a delicadeza do chá. Aqui, o mesmo sofrimento do trabalho semiescravo de lá.

Estava por partir da China e ainda não incorporara à minha *memorabilia* algo em que figurassem os caracteres, com exceção de livros. Queria vê-los expostos, fáceis. Buscava-os entre infindáveis objetos à disposição.

Um dia, em um daqueles mercados que dizem não mais existir, vi, de relance, duas madeiras do mesmo tamanho e cor, compridas, com ideogramas nelas incrustados. Tomei-as nas mãos, senti o peso da madeira nobre. Observei os caracteres e reconheci apenas UM.

Com o pouco chinês com que sobrevivia nas ruas, pedi ao vendedor que me lesse o que estava escrito, embora sabendo que não compreenderia. Leu-me, relutante, por três vezes. As leituras me convenceram, apesar da rusticidade do vendedor, de que se tratava de poesia. Comprei-as.

Em casa, plena da presença misteriosa daqueles objetos, inquietou-me a hipótese de que o texto fosse uma das citações usadas durante a Revolução Cultural. No dia seguinte saberia o que havia adquirido.

Apenas a intérprete chinesa os viu, falou: Bom! Boa madeira e, em seguida, me informou sobre a função delas: imobilizar as extremidades do papel onde o calígrafo ou o pintor trabalham. E então traduziu, em português básico o que eu escutara.

Aqui anoto o que talvez seja mais ou menos fiel ao original:

um rio antigo
de mais de dez mil anos
surge
escorre
daqui
do centro
da minha mão

I

Um céu que não era

esperado assim

como ele foi

naquela tarde
longitudinal espanto

Era tal, foi tal
que tudo quase parou

Apenas ele se movia
Dizia algo
todos tentando decifrar
dizia algo
o escrito a sangue
naquela tarde

Um céu que talvez reapareça
um dia
— nossos olhos
por fim cegos
não testemunhem
cada assassinato

II

Erma, desarmada
arma-se do som
incontáveis pássaros
Não sei o que observa
o olhar frouxo a anotar o dia
as águas que correm
imóveis

Desarmada de tudo
o flanco ensanguentado
a anca de égua
inobservada
galopando na noite

Diz
Corro do que me arma
do que não me ama

Mas há o sol, há a lua,
digo,
e essa certeza é algo

Aguarda, escuta, observa
percebe a cada dia a diferença
na luz

Duas corujas e agora três vivem em meu jardim, escondem-se sob as ramas da Sapatinho de Judia. Alertam sobre o perigo: a bicada de coruja parece ser terrível. Olhamo-nos.

Observam o que acontece embaixo: alguns almoços ruidosos e o silêncio dos dias. Mantém a serenidade que se espera dos sábios. Convivem comigo, com os que na casa estiverem, como condescendentes agregadas. Não julgam, aparentemente, as triviais, inconsequentes, nem as comprometidas atividades a que nós nos habituamos ou com as quais lutamos. O reino animal muito além dos cães, lagartixas, formigas, baratas, cigarras e pássaros.

Um emblema, um significante, corujas não são qualquer bicho. Respeito-as, elas, a olhar-me do alto. Algo serei para elas. Intuirão ser eu a dona daquele espaço refúgio? A propriedade não deve afetá-las.

O que são elas para mim — olhos enormes, vigilantes, a bruxaria, o conhecimento. Mais que tudo aves, permanente possibilidade de voo. Eu, bípede.

Chegou um tempo em que a vida é uma ordem.
A vida apenas, sem mistificação.

Drummond, Sentimento do Mundo

(o que fazer com este fruto outro que é o amor?)

Sempre que eu te pedir água
me traga um copo bem cheio
estenda a mão devagar
olhe nos meus olhos
naquele lugar seco
que pede água

Tenha, mas não demonstre
a terna compaixão
dos amigos
Estenda a mão em silêncio
aguarde que a minha
atravesse o deserto

alcance o copo

(a mesma luz o mesmo ângulo,
a igualdade da desigualdade)

a noite vem
e vem vagarosamente
o céu a engolir
o que parece um corpo

sentada no chão
consciência da terra
esboços
dos entes entorno

no canto há uma pedra
ou outra coisa do mundo
natural
que não sabemos bem
nomear

poesia como diário
não escrito
dias assim em
tão poucas linhas

o novelo, o fio
do corpo da terra
no ouvido humano
— antigas vocalizações

(algumas vezes quase conseguimos apreender o tempo no espaço, bem onde estamos. algumas vezes quase conseguimos passar da palavra ao ato, sem que nos impeça o escândalo, a aflição da evidência das coisas)

O mar, o mar, sempre recomeçado
Paul Valéry, *Cemitério marinho*

Sabe-se que está lá
existe
Mais uma vez esta certeza
acolhe
Não importa a distância
— o mar, ele está lá
uma certeza de águas
esplendores

A sede saciada
o olhar alargado
horizontal respiro

Na retina a água toda
tatuada
O mar, o mar está lá
seguirá aqui

Somos animais autobiográficos quer queiramos ou não, disse Derrida. Por diferentes meios, nos escrevemos, dizemos de nós. É um per-seguir-nos, mesmo que mudos, mesmo que cegos, mesmo que sem pernas. Um seguir que não para, horror e sedução de estar vivos. Retornar ao lugar de nascimento para reconhecer-se no desconhecimento do que, queiramos ou não, é parte da nossa narrativa.

A viagem adiada, a falta de coragem de num certo sentido voltar à infância, ao espaço dos pais vivos, sem força para passar em frente ao lugar deles, ela no meio deles. A terra da origem se expande e se enrola tal caracol. Voltar e reescrever a história, a que seria a sua, teria sido. Escritura-rastro, João e Maria sendo ela os dois. Seguir traços do que sabe ser agora tão outra coisa. Buscar a cara da sua atualidade no olhar daqueles que lá ficaram, ela, visceralmente outra. Portas devem se entreabrir, se fechar, enormes umbrais numa pequena mão.

Completamente distante da cidade da origem, chega a ela. Qual o peso da memória atualizada no encontro? A memória parece virar coisa concreta no corpo do que retorna. O real-irreal das imagens do vivido se espalhando a conta-gotas, confundindo-se com o instante atual. Fenomenológica, a memória tem forma, gosto, cheiro, um som que vem e vai, vai e vem. Liberta dos olhos da infância, a dimensão de tudo é outra. Como narrar os anos de ausência aos que encontrará? Apenas nomear os territórios que a compõem, viajante que não abandona, nomeá-los sem ênfase, só o nome das terras em que viveu, recortadas de topografias, cosmologias de afetos, como se tivesse vivido tudo sem afetos, quase turista.

Narrar aventuras destinadas a soarem épicas, ela a heroína discreta entre enganos e enganos, fazendo com que cada história também pareça banal, iguais àquelas que os outros escutam em seu entorno, àquelas que poderiam contar, nada que remeta à necessidade de deslocamentos. Encontrar o equilíbrio entre o fantástico e o corriqueiro.

Quisera revolver com todos seus instrumentos aquele solo, mas que o escavar não a deixasse sem voz, sem mãos. O que lá está, estava, esteve, brilha ainda vivo e vermelho em suas mãos. As cinzas da mãe guardadas na caixa que teve em suas mãos, subindo lenta as escadas, aguardando seu turno, colocando a pequena caixa na tumba da mãe da mãe — seu nome, o mesmo da avó, bem claro na lápide. O peso da pequena caixa em suas coxas. A casa dos pais desfeita, suas mãos selecionando objetos. O que poderia lá ter permanecido e ser recuperável, algo que a iluminasse.

Impraticável naquela cidade andar sem compromisso. Só o desconhecido permite a liberdade. O outro recordando-lhe a cada instante o que ela terá sido, o que para ele ela é, e ela nada podendo dizer além de sim, sim, embora não saiba, não tenha como lembrar o que o outro diz ter sido ato seu, palavra sua. A fala do outro, pulsante, colada sobre sua pele. Não se despe mais.

Deitada ao sol, no pátio da casa, sob a parreira, as pernas abertas ao sol, lasciva, doméstica, intratável. Os doces escondidos exalando o cheiro do açúcar, o cheiro do chão, das plantas, do corpo a se misturar com tudo. Ai, as lentas tardes da adolescência. Ai, os gemidos dos corpos rendidos nas tardes monótonas. O espaço preenchido pelas coisas todas avolumado. O discurso interminável das coisas. Trancava-se todo dia um pouco no armário repleto de roupas usadas. Necessidade, punição, falta de ar desejada. Roupas para ocasiões especiais — as ocasiões todas entrelaçando os dedos, dizendo do que é possível fazer com tanta espera. E nada, nada do que havia fora da casa, fora da rua, fora da cidade, fazia sentido. Tudo ali naquele espaço onde havia o retorno, intuído pela fragilidade dos dez anos. Uma década onde nada havia acontecido e onde tudo, de um certo modo, já havia acontecido.

O sentido das coisas que nos invade como um raio e desaparece sem linguagem. A leitura ocasional no caderno reencontrado que foi escrito não sabe quando nem bem para quem — como é possível escrever algo assim e esquecer o nome do destinatário?

A crueldade da lucidez. Poder recuperar alguma compreensão do que foi, do que a faz o que é. Talvez lá onde tudo começou possa se aproximar do que terá sido, do que seria.

La Nature est un temple où de vivants piliers
Laissent parfois sortir de confuses paroles;
L'homme y passe à travers des forêts de symboles
Qui l'observent avec des regards familiers.

C. Baudelaire, *Correspondances*

Três objetos sobre o banco
O livro de capa vermelha
grande e pesado retângulo
o *Red Book*, Liber Novus
O vaso verde, porcelana chinesa,
frágil retângulo em pé
A ovalada escultura africana
metal cortado no topo
na frente, abertura vertical
quase porta de entrada
Disseram-me que era usada como peso
nos mercados. Não sei.
Essas histórias orais e seu algo
de verdade

Olho os três objetos sobre o banco
e percebo
outra possibilidade
(eu, a obsessiva dos ângulos)
Talvez uma nova ordem
reforce a composição
aquilo que os três contam
Modifico a disposição, surgem
naturezas mortas
still lifes

Vanités, vaidades,
aquilo que nos move
que talvez nos salve de algumas
mortes

Sou mais Lacan, mas Jung me arrasta
Talvez o menos vaidoso, o que se expôs
a tudo, de todos os modos
e mostrou no processo
o incômodo do sangue
(o seu)

Metonímias. Metáforas. Hipérboles. Comparações. Antíteses.
Paradoxos.

Pleonasmos. Anáforas. Catáforas. Sinestesias. Gradações.
Catacreses.

Talvez esta não seja matéria poética
tampouco crônica ou ensaio
deve então ser poesia
Movo a colher no café
antigas cenas afloram
desde a líquida espiral
— o mercado africano, a negociação
— o mercado chinês, a negociação
Terei preço?
Rever, cada dia, uma cena
a partir de objetos em torno

A estrela hindu esplendendo no peito
hoje apoiada sobre móvel
no banheiro
O coração mexicano no pilar da varanda

Vaidades expõem espelhos
por todo lado
— a fala do que não se sabe

My red book
correspondências

Mas e a questão do fim, do fim do poema, do fim do livro, do nosso fim? A nuvem criada pela informática contem todas as informações e imagens, mesmo as que não queremos. De lá podem ser acessadas, ocupam menos espaço, permanecem no limbo do século XXI. Se tudo isso que vejo, acesso e não compreendo existe, por que não posso crer numa centelha do ser que não se apague, permaneça como força física invisível no espaço, como data na nuvem? E que essa centelha pudesse acender em outra forma, como um arquivo que se auto encaminhasse, livro no azul.

POSFÁCIO

Este é o sétimo livro de poemas de Maria Lúcia Verdi, escritora já saudada por críticos como Oswaldino Marques e Ettore Finazzi-Agrò, além de reconhecida por poetas da qualidade de Francisco Alvim e Cacaso.

Certamente os longos períodos vividos no exterior contribuíram para esse relativo desconhecimento de sua obra entre nós. Tendo sido diretora do Centro de Estudos Brasileiros em Roma de 1990 a 1995, teve um livro bilíngue de poemas publicado em Palermo pela Editora lla Palma, 1995 (Questo Frutto Altro/Este fruto outro), *sendo a organizadora, pela mesma editora, de* O pensamento brasileiro. *Chefiou o Setor Cultural da Embaixada do Brasil em Pequim, de 2001 a 2005, publicando* O caractere do sono — entre Oriente e Ocidente, *2004, com alguns dos textos traduzidos em mandarim. Também se encarregou da publicação dos* Contos escolhidos de Machado de Assis — O Alienista e outras estórias. *A mesma atividade cultural a levou à Argentina, onde publicou* Coito con lo real *pela Editora Leviatán.*

em voz baixa *reafirma o caminho traçado pelos livros anteriores, tornando mais nítida a linha sinuosa entre movimento e contemplação, criação e desejo de crítica, escrita e apelo de silêncio, que se impõe com clareza no impulso imperativo da reescrita. Porque para Maria Lúcia, ler é reler — e acompanhamos as viagens constantes por seus próprios textos, pontuadas por trechos de seus autores preferidos. Uma das consequências dessa insistência é que, para ela, escrever é também reescrever, no limite uma atividade suicida de apagamento da obra que aspira à perfeição:*

"poesia como diário / não escrito" — p. 59

A reescrita passa incansavelmente de livro para livro. Grupos de versos surgem em poemas de outro livro e em novo arranjo, sempre cortados, às vezes sovados, na recusa da finura em seus traços de insatisfação.

(a corda é ela / a palavra/ pá que remexe/ prepara/ a terra cheia/ de larvas)

Se "corda" é uma peça de fios trançados e torcidos uns sobre os outros, também corda de instrumento musical, esta é uma boa definição para a palavra poética, aqui sem evitar a cacofonia inicial, que não deixa de intensificar o significado do poema. Com tudo isso a palavra vira uma pá afiada pelo ritmo ríspido, objeto útil para a aradura da terra, atividade longe da mera elegância consensual.

Por essa porta penetra o impulso ético de poemas nus e crus, como este "Menino" de O caractere do sono, *que reaparece ao lado de outros neste* em voz baixa *e que pode ser melhor compreendido a partir de outro poema do mesmo livro:*

"Talvez esta não seja matéria poética/ tampouco crônica ou ensaio/ deve então ser poesia".

Eis o poema:

"Não quero falar não senhora. Não tem nada pra explicar. É só fome. Não,/ não quero pedir comida. Pego o que já foi jogado fora mesmo, o que não / tem mais dono".

Num ótimo posfácio a O caractere do sono — entre Oriente e Ocidente, *Rosalba Campra (escritora argentina e professora de literatura hispano-americana da Universidade La Sapienza, em Roma) observa que o livro é "testemunha de tenazes permanências", ou seja, de uma fidelidade que faz versos ou imagens migrarem de um livro a outro, não se tratando de mera autocitação: "este deslocamento resulta em indício da capacidade inaugural de toda leitura e, portanto, da ressignificação dos textos".*

Como se a escritora passasse a limpo os versos, experimentando-os ao lado de outras palavras, em outro contexto, como se os deixasse livres. O risco é grande: "Na vigília da noite/ o verso perfeito/ escapou-me".(p. 27) Se as palavras estão gastas, "desqualificadas", diz ela em Matéria sem nome, *temos de lançar mão da memória, conclusão que reaparece aqui, em* em voz baixa:

"(é preciso raptar a lembrança antes do amanhecer/ soerguê-la/ cimentá-la/ construir a cidade/ partir então/ sem alimento, sem roupa/ olhos como pedras/ migalhas de pão") — (p. 20)

Esse ardor é uma característica sempre jovem e presente no que Maria Lúcia escreve, às vezes de forma meio afoita quando trabalha conceitos, mas perfeitamente realizada quando ela confia na "voz baixa", íntima, dentro do corpo e da vida cotidiana.

Confira o leitor o poema amoroso (p. 57), que assim começa: "Sempre que eu te pedir água/ me traga um copo bem cheio/ estenda a mão devagar/ olhe nos meus olhos/ naquele lugar seco/ que pede água".

Na página anterior, sem recusar a entrega plena, ela qualifica para nós o ponto central de Questo Frutto Altro: *"(o que fazer com este fruto outro que é o amor?)"*

Outros poemas vão na mesma linha e nos levam a participar de sua vida de todos os dias: as plantas, os vários bichos, como as três corujas do jardim ("Mais que tudo aves, permanente possibilidade de voo. Eu, bípede"), a cadela querida no fim da vida ("observo Preta em seu espaço/ a qualquer hora ela morre/quase quatorze anos é muito/surda e sem faro a vida custa"), ou a arte de catar pitangas, lembrança que vem da meninice, como sugere a colagem de Yury Hermuche — as pernas cruzadas da menina, o corpo vestido ou ocultado pela paisagem campestre, um pouco irônica com a palavra VOID cravada em seu centro. Para não falar da folha verde, que nos encara como um rosto, com uma floração improvável no topo e outras folhas abertas como asas ou braços — a folha pode sugerir tudo isso, mas antes de mais nada funciona como o pino que sustenta e aparafusa toda a cena.

Essas colagens exigem atenção, aproximam-se das formas monumentais, embora compostas com peças quebradas -não poderiam ser diferentes — refletindo, no outro lado do espelho, muito do que é proposto nos versos de Maria Lúcia.

Num poema que fala de um sonho, ela coloca uma epígrafe:

"(como dizem os índios Krenak, é preciso segurar o céu através

da conexão do corpo e da mente com a natureza em torno e

com o cosmos — se nos desconectarmos, ele cai")

Acho que todo o esforço e o trabalho formal de Maria Lúcia se apoia na tentativa de domesticar a tensão exposta acima, compreendida também como o dilema entre voz alta e voz baixa, entre corpo e conceito, entre realidade e expressão. Poderiam me responder que este é exatamente o dilema da arte. Sim, mas raramente ele é expresso com tanta clareza e entrega. Como num ato amoroso.

Não resisto e termino com um comentário que fiz a em voz baixa *e o enviei imediatamente a sua autora, no calor da hora, mal tendo recebido os originais:*

"O seu livro, Malu, é um mundo. E como o mundo, não está terminado, embora esteja pronto.
Cheio de água (tatuada no olho), sono, sobressalto, lucidez, perdição.
E os bichos, alguns alados, outros extraviados entre as flores da toalha.
Seu livro sabe e não sabe. Sabemos que sabe -mas ele sabe dizer que não".

Vilma Arêas

Este livro foi composto em tipologia *Minion* pela *Iluminuras* e terminou de ser
impresso em 2019 nas oficinas da *Meta gráfica*, sobre papel offset 90 gramas.